ハヤカワ・ミステリ文庫
〈HM⑦-18〉

フィリップ・マーロウの教える生き方

レイモンド・チャンドラー
村上春樹訳
マーティン・アッシャー編

早川書房

8778

PHILIP MARLOWE'S GUIDE TO LIFE

A Compendium of Quotations by Raymond Chandler

目次

フィリップ・マーロウの教える生き方

編者のまえがき

マーティン・アッシャー

私は長年にわたってレイモンド・チャンドラーのファンだった。その理由は数多くあるが、彼が名文家《スタイリスト》であるというのも、ひとつの大きな理由になっている。彼の最良の寸言《ワンライナー》はシェイクスピアのそれとまでは言わずとも、少なくともオスカー・ワイルドには匹敵している。今や古典ともなっている「僧正《そうじょう》が思わずステンドグラスの窓を蹴破ってしまうような金髪女」から「ハリウッドではどんなことだって起こりうる。とにかくどんなことだって」に至るまで、疑いの余地なくチャンドラーは文章の名手であり、凡百《ぼんびゃく》の作家ならパラグラフ丸々ひとつを要する内容を、ひとつのセンテンスにきりっと集約することができた。しかし最近になってチャンドラーの作品を読み返してみて、それとはまた違うことに、より大事な意味を持つことに私は気がついた。それはチャンドラーを単なる「名文家」から、彼の時代における偉大な作家の一人に変身させるものだった。彼の作品は、そしてとりわけその主要登場人物であり、また彼の分身《オルターエゴ》でもあるフィリップ・マーロウの洞察は、ひとつの道徳律を提示している。そしてそれは今となっては、チャンドラーがそれを書き記した四分の三世紀（七十五年）前においてよりも、更に価値ある今日《こんにち》的な意味を持つようになっているのだ。

　マーロウは頭が切れて、なおかつクールだ。歴史上もっとも野蛮ないくつかの政治体制の興隆を目にしてきた世界にあっても、正しきものと悪しきものとを見分ける分別を、彼は持ち合わせていた。しかし同時に、もしあなたが何か良からぬことをしようと思いなしたりしたら、あなたをこてんぱんにのしてしまえるくらいタフな男だ。たとえ女性について述べようと（「性欲は男を老けさせるが、女を若々しくさせると言われる」）、警官について述べようと（「彼は毎晩お祈りを唱えるかわりに、革棍棒《ブラックジャック》に唾をかけて磨くようなタイプの警官だった」）、マーロウはこの世界を、悪が猛威をふるっている場所であり、その悪は草の根を分けても探しだされ、撲滅されなくてはならないものだと見なしていた。彼の小説が進捗を遂げるにつれて、ロサンジェルスそのものまでが（かつては、ほとんどの作家がその街を愛らしいパステル・カラーで描写したものだったが）忌まわしい土地と化していった。背信行為や殺人の悪臭が漂う、不潔なダウンタウンの安ホテルの頭上では、椰子の木がその葉をさわさわと不吉に揺らせている（「夜だった。窓の外の世界は暗黒の世界だった」）。

レイモンド・チャンドラーはものを書き始めたとき、自分が書いているのは私立探偵を主人公とした三文小説だと思っていた。一九三三年からずっと、彼は「ブラック・マスク」とか「探偵小説ウィークリー」といったタイトルを持つ雑誌のために短篇小説を書いていた。しかし一九三九年にお上品な出版社であるクノップフから『大いなる眠り』を出版して以来（そうとも、うらぶれた安物探偵のマーロウは、そんなことを絶対に承認しなかったはずだ）、チャンドラーは画期的な飛躍を遂げた。狭いジャンルの息苦しい類型世界から、二十世紀のアメリカのフィクションにおいて最も人気があり、他に類を見ない登場人物たちへの飛躍である。彼の主人公であるフィリップ・マーロウは、外見的にはこれまでの探偵たちの装いを残してはいるものの――レインコートとフェドーラ帽といかにもタフガイ的な振る舞い――実際にはサム・スペードに対するのと同じくらい、ドン・キホーテに対しても多くの共通点を持っている人物なのだ。死にかけている常軌を逸した大金持ちの、問題を抱えた娘が恐喝されている事件の調査にあたるときにも（『大いなる眠り』）、他のすべての人から見放されたように見えるひとりの友人を救おうとするときにも（『ロング・グッドバイ』）、マーロウは正義に向かって終わることのない十字軍的追及を続ける。

チャンドラー短篇集の序文でジョン・ベイリーが述べているように、「彼の前に登場してきた多くの探偵たちとは違い、フィリップ・マーロウは一匹狼である。彼自身の『薄暗く危ない裏通り』（チャンドラー自身の表現だ）で単身、職務をこなしていく男だ。そのシニカルで苦み走った、そして虚飾を廃した営為を通して、マーロウは真実を見いだすばかりではなく、腐敗した世界に――その世界はそんな言葉の意味を知らず、また気にもかけないのだが――正義を顕現させる」のだ。

しかしマーロウの時代にいかに悪が問題になっていたにせよ、もしあなたにそれなりの才覚が備わっていれば、あなたは誰がグッド・ガイであり、誰がバッド・ガイであったかをちゃんと見分けられたはずだ（女たちだってバッド・ガイになり得るのだ）。しかしながら、彼はリチャード・ニクソンをどのように扱っただろうと考えると、私はいささか首をひねってしまうことになる。あるいはケネス・レイ（エンロンの会長）を。またマーサ・スチュワートを（彼女はマーロウ好みの金髪というのではないにせよ）。それがラッシュ・リンボーやマイケル・ジャクソンやドナルド・トランプやマドンナやジョージ・スタインブレナー（実業家。三十年以上にわたってNYヤンキーズのオーナーをつとめた）となると、あえて言うには及ぶまい。そんなわけで、私は見事な寸言と、マーロウの見解のいくつかを、この問題に満ちた時代への言及としてすぐ引き出せるよう、簡明なフォーマットのもとにまとめてみた。題目はアルファベット順に並べてあるが、それは彼の洞察の驚くべき広がりを示している（T・S・エリオットとショパンについての言及を発見することになるなんて、私は予期もしていなかった）。そしてまたそのようなフォーマットは、もし読者がとある部屋に足を踏み入れたら、裸の女性がベッドに横になっていて、それに対して速やかに反応する必要があるというような場合には、何かと便利かもしれない。「君が提供してくれるものは実に見事だが、それは私には受け取りかねるものだ」みたいに。

この小冊子はいかなる意味あいにおいても、チャンドラーの包括的な引用句集として作られたものではない。それよりはむしろマーロウのメッセージとスタイルの概略を——そういうものをこれまで以上に必要としている世代のために——再現することを目指したものである。とはいえ、それだってやはり望み過ぎというものかもしれない。アメリカがこれまでに生み出したもっとも深くオリジナルで、とてつもなく面白い作家の一人にまだ触れたことのない人々へのひとつの道案内として役立ってくれればと望むだけで、おそらく十分ではあるまいか。

ADVERTISING

広告

人間の知性の精緻きわまりない浪費。それは広告業界以外の場所ではまずお目にかかれない種類のものだ。

『ロング・グッドバイ』

間に入るコマーシャルときたら、鉄条網とビール瓶の破片を餌に育てられた山羊《やぎ》たちでさえ、身体を壊してしまいそうな代物だった。

『ロング・グッドバイ』

ARCHITECTURE

建築

たぶんこの愚かしい巨大な建築物が、彼女を落ち込ませるのだろう。こいつを前にしたら、賑やかなワライカワセミでさえ気を落として、死を悼む鳩のようにくうくうと痛切に啼《な》くに違いない。

『ロング・グッドバイ』

屋敷自体はたいしたものではなかった。バッキンガム宮殿よりはまあ小振りだし、カリフォルニアにしてはいささかくすんだ色合いで、クライスラー・ビルディングに比べるといくぶん窓の数が少なそうだ。

『さよなら、愛しい人』

随所に装飾的に樹木がかためて植えられていた。実に様々な種類の樹木が目にできたが、それらはどれもカリフォルニアではついぞ見かけないものだった。よその土地から移植されたものだ。誰がこの屋敷の設計をしたのかは知るべくもないが、とにかくその人物は、大西洋岸をまるごとロッキー山脈のこちらに持ち込もうと試みたようだ。努力を認めるにやぶさかではないが、そのかいがあったとは言いがたい。

『ロング・グッドバイ』

モンテマー・ヴィスタには数十軒の家が建っている。サイズもかたちも様々だが、それらはみんな山の張り出しに、実に危くぶら下がっているみたいに見える。大きなくしゃみをひとつしたら、ビーチで広げられている箱弁当《ボックス・ランチ》のあいだに落っこちてしまいそうだ。

『さよなら、愛しい人』

私は勢いをつけ、玄関のドアに体当たりした。愚かなことだった。玄関のドアは、カリフォルニアの家屋でほとんど唯一、人が中に入れなくできている場所なのだ。

『大いなる眠り』

BIG MEN

大男

大柄で、身体の幅も広かった。若くもないし、ハンサムでもないが、いかにも頑丈そうだった。スカイブルーのギャバジンのズボンの上に、ツートーンのカジュアルな上着を着ていた。シマウマが気を悪くしそうな配色だ。カナリア・イエローのシャツは大きく襟《えり》が開いていたが、彼の首を外に出すためには、そうする以外に方法はなかっただろう。

『リトル・シスター』

BLONDES

金髪の女

人当たりが良く、うるさいことを言わず、酒が何より好きな金髪女がいる。彼女たちはそれがミンクでさえあれば、着るものにうるさいことは言わないし、そこが高級ナイトクラブであり、ドライなシャンパンがふんだんにあれば、どこにだって喜んでついてくる。小柄で元気いっぱいの金髪女がいる。さっぱりした友だちづきあいを好み、勘定は割り勘にしたがる。いつでもどこでも裏がなく明るく、常識が備わっている。柔道に通じており、トラック運転手に背負い投げをくらわせることもできるが、同時に『サタデー・レビュー』の論説を一行もとばさず引用することもできる。もやしみたいな顔色をした、貧血症の金髪女もいる。これは命に関わる病ではないものの、かといって治癒の見込みもない。物憂げでいかにもはかなく、蚊の鳴くような声で話す。この手の女にちょっかいを出す男はたぶんいないだろう。まずひとつにはそんな気が起きないからだし、もうひとつには彼女がエリオットの『荒地』や、イタリア語版のダンテ、あるいはカフカやキルケゴールを読み、プロヴァンス語を勉強しているからだ。また音楽にも精通しており、ニューヨーク・フィルハーモニーがヒンデミットを演奏しているときに、六人のコントラバス奏者のうちの一人が、四分の一拍遅れていることを指摘できる。話によればトスカニーニにもそれができるそうだ。そんな人間が世間に二人もいるわけだ。

『ロング・グッドバイ』

金髪の女。僧正がステンドグラスの窓を蹴破りたくなるような豪勢なブロンドだ。

『さよなら、愛しい人』

BOOZE

酒

「アルコールは恋に似ている」と彼は言った。「最初のキスは魔法のようだ。二度目で心を通わせる。そして三度目は決まりごとになる。あとはただ相手の服を脱がせるだけだ」

『ロング・グッドバイ』

「バーの背に並んでいる清潔な酒瓶や、まぶしく光るグラスや、そこにある心づもりのようなものが僕は好きだ。バーテンダーがその日の最初のカクテルを作り、まっさらなコースターに載せる。隣に小さく折り畳んだナプキンを添える。その一杯をゆっくり味わうのが好きだ。しんとしたバーで味わう最初の静かなカクテル——何ものにも代えがたい」

『ロング・グッドバイ』

バーのスツールには哀れな男が一人座り、バーテンダーに話しかけていた。バーテンダーはグラスを磨きながら、とってつけたような笑みを浮かべている。叫びだしたいのをじっと我慢している人間の顔だ。

『ロング・グッドバイ』

毎度おなじみのカクテル・パーティーだ。誰もが必要以上に大きな声でしゃべり、相手の話なんか聞いてはいない。誰もが後生大事と酒のグラスにしがみつき、目を輝かせ、アルコールの摂取量によって、あるいは飲酒をコントロールするそれぞれの能力によって、顔を赤くしたり青くしたり、汗をかいたりしている。

『ロング・グッドバイ』

「私は酒は飲みません。酒を飲む人の姿を見るたびに、酒を飲まなくてよかったと痛感させられる」

『ロング・グッドバイ』

それで話は終わった。別れの挨拶をして電話を切った。隣のコーヒーショップの匂いが、煤《すす》とともに窓から吹き込んできたが、それは残念ながら私の食欲を刺激してはくれなかった。だから私はオフィス用の酒瓶を取り出し、一口飲み、自尊心には好きにレースを走らせておくことにした。

ウィスキーは妙な味がした。妙な味がするなと思いながら私の目は、壁の隅に取り付けられた洗面台を目に留めた。私はそこまでたどり着いた。なんとかたどり着けた。そして私は吐いた。ディジー・ディーン（剛速球投手）だってこれほど勢いよくは放《ほう》れないだろうというくらい勢いよく。

『さよなら、愛しい人』

「余計なお世話かもしれないけど、たまには水を飲むのもいいんじゃないかしら」、彼女はやってきて私のグラスを手に取った。「もう、これで最後よ」

『さよなら、愛しい人』

霧はもう晴れていた。星がきらきらと光っていたが、それは黒いビロードでできた空にちりばめられた、クロームの作り物の星のように見えた。私はスピードを出して運転した。ひどく酒が飲みたかったが、バーはもうどこも開いていなかった。

『さよなら、愛しい人』

BRASS KNUCKLES

ブラスナックル

「本当に実力があるなら、そんなものは必要なかろう。もしそういう格好づけを必要とするのなら、あんたには私を扱うだけの力量がもともと備わっていないってことさ」

『ロング・グッドバイ』

感じの良い顔立ちだった。好意を抱かずにはいられない。可愛い女だ。しかしデートに連れ出すたびに、手にブラスナックルをはめなくてはならないほどの可愛さではない。

『さよなら、愛しい人』

CAPITAL PUNISHMENT

死刑

「おとなしくしてろ。さもないと、もう一回同じ目にあわせるぞ。静かに横になって、じっと息を詰めるんだ。もうこれ以上息を詰めていられないというところまで息を詰めるんだ。そしてさあこれから呼吸しなくてはならないと自分に言い聞かせろ。そうしないことには顔が紫色になり、目の玉が飛び出してしまう。だから今すぐ息を吸い込まなくちゃならない。ところが君は今、サン・クエンティン刑務所のなかなか小洒落《こじゃれ》たガス室の中にいて、椅子に縛り付けられている。そして空気を吸い込むことを身体が求めているというのに、君はなんとかそれを吸い込むまいと全力を振り絞らなくちゃならない。なぜならそこにあるのは新鮮な空気じゃなく、青酸ガスだからだ。そしてそれが、今のところ我々の州において『人道的処刑』と称されるものだ」

『大いなる眠り』

CHESS

チェス

私はチェス盤を見下ろした。ナイトを動かしたのは間違いだった。私はその駒を元の位置に戻した。このゲームではナイトは何の意味も持たない。そこに騎士《ナイト》の出番はないのだ。

『大いなる眠り』

CHOPIN

ショパン

葬儀社の主宰が、ショパンの曲の終結部を思わせる細やかな身振り手振りを見せながら、ひらひらと歩き回っていた。

『リトル・シスター』

CHRISTMAS

クリスマス

パイプから冷たくなった灰を落とし、革製の貯蔵箱から新しい煙草の葉を出して、そこに詰めた。その貯蔵箱は私を崇拝するある人物から、クリスマス・プレゼントとしてもらったものだ。その人は、きわめて希《まれ》な偶然だが、私と同姓同名だった。

『リトル・シスター』

ハリウッド大通りに沿って並んだ商店は、高い値札をつけられたろくでもないクリスマス商品であふれかえり始めていた。早いうちにクリスマスのショッピングを済ませておかないとひどいことになりますよと、新聞は日々わめきたてていた。しかし何をしたところでしなかったところで、結局はひどいことになる。恒例行事だ。

『ロング・グッドバイ』

CIGARETTES

煙草

最後に口にした酒のせいで胃が熱かった。腹は減らない。煙草に火を点《つ》けた。配管修理工のハンカチみたいな味がした。

『さよなら、愛しい人』

「吸ってかまわんよ。煙草の匂いは好きだ」
私は煙草に火をつけ、煙を思い切り老人に吐きかけた。彼は野ネズミの巣穴を前にしたテリアのようにくんくんと匂いを嗅いだ。微かな笑みが口の両端の影になった部分にまで広がった。

『大いなる眠り』

私は煙草を吸った。フィルター付きの煙草だ。ぼやけた霧を生綿で漉《こ》したような味がする。

『ロング・グッドバイ』

CITIES

都市

もしそんな声に耳を傾けていたら、私は生まれた町にそのまま留まり、金物店に勤め、店主の娘と結婚し、五人の子持ちになり、日曜日の朝には子供たちに新聞の漫画ページを読んでやっていたはずだ。子供たちが言うことを聞かなかったら頭をひっぱたき、子供たちにどれくらいの小遣いを与えればいいか、ラジオやテレビのどんな番組を見せればいいか、そんなことで妻とがみがみ口論をしていたはずだ。金持ちにだってなれたかもしれない。小さな町の小金持ちに。寝室が八つあり、ガレージには車が二台入り、日曜日にはチキン料理を食べ、居間のテーブルには『リーダーズ・ダイジェスト』が置かれ、妻は鋳鉄のようながちがちのパーマをかけ、私の脳味噌はポートランド・セメントの袋みたいになっていただろう。そういう人生はお断りだ。私は薄汚くよこしまな大都市に生きる方を選ぶ。

『ロング・グッドバイ』

「なにしろまともな街だからね。ロサンジェルスなんかの方がむしろ腐敗の度合いは深いかもしれない。しかしどれだけ金を積んでも大都市のすべてを買い取ることはできない。買い取れるのは一部に過ぎない。しかしこの程度のサイズの都市なら丸ごと買収することができる。オリジナルの箱に入れて、きれいな詰め物までしてね。そこが大きな違いだ。だからこそ私は、ここから一刻も早く抜け出したいんだ」

『さよなら、愛しい人』

COFFEE

コーヒー

私はブラックでコーヒーを二杯飲んだ。煙草も試してみた。まともな味がした。とりあえず人間として機能しているらしい。

『ロング・グッドバイ』

私はキッチンに行ってコーヒーを作った。大量のコーヒーを。深く強く、火傷《やけど》しそうなほど熱くて苦く、情けを知らず、心のねじくれたコーヒーを。それはくたびれた男の血液となる。

『ロング・グッドバイ』

COLORFUL MEN

カラフルな男

髪を赤茶色に染めたやさ男が、小型のグランドピアノに屈み込んで、思い入れたっぷりに鍵盤を撫で回し、『星への階段《きざはし》』を歌っていた。声に不足があり、その階段は半分ほど段が失われていた。

『さよなら、愛しい人』

この部屋をデザインした男は色に対して恐れを知らないタイプらしい。からし色のシャツを着て、暗紅色のズボンに、ゼブラ柄の靴を履き、マンダリン・オレンジ色のイニシャルの入った朱色のパンツをはいている男に違いない。

『ロング・グッドバイ』

「彼はシーザーのようなものだった。女性にとっては夫であり、男性に対しては妻だった。※君らのような種類の人間について、何も知らないと思っているのか？」

『大いなる眠り』

※『ローマ皇帝伝』によれば、「シーザーは全ての女の夫であり、全ての男の妻であった」という告発が政敵によってなされた。

COPS

警官

やましい気持ちを持つ正直な警官は、いつだって強面《こわもて》に振る舞うものだ。しかし強面に振る舞うのは、不正直な警官だって同じだ。そんなことを言い出せば、みんな似たり寄ったりなのかもしれない。私自身をも含めて。

『ロング・グッドバイ』

「警官は、外部の人間が事件を隠そうとすると、やいのやいの騒ぎ立てる。しかし自分たちは一日おきに同じようなことをやっています。友人や、ちょっと縁故のある人間をかばうためにね」

『大いなる眠り』

「警官なんてみんな似たようなもんだがな。みんな筋違いなことを責めるんだ。クラップ・テーブルで給料をするやつがいるのなら、賭博を禁止しろ。酔っぱらって問題を起こすやつがいるのなら、酒を禁止しろ。事故を起こして人をはねるやつがいるのなら、車を作るのをやめさせろ。ホテルの部屋で女の子と一緒にパクられるやつがいるのなら、性交を禁止しろ。階段から落ちる人間がいれば、家を建てさせるな」

『ロング・グッドバイ』

「警官というのは普通の人間なの」と彼女はどうでもよさそうに言った。「連中もそういう地点からスタートするという話を耳にしたことがある」

『さよなら、愛しい人』

我らが街ではギャングが警官を殺すことはない。警官を殺すのは未成年者にまかせている。そして肉挽き機を通されて生き残った警官は、死んだ警官よりも遙かに有益な広告塔になる。彼はそのうちに回復し、再び現場に戻るだろう。しかし事件のあとでは、彼の中で何かが失われている。鋭い鋼鉄の切っ先がわずかに丸くなっていて、それでいろんなことがこれまでとは違ってくる。彼は「やくざに大きな顔をしすぎるとまずいことになる」という生きた実例になる。とくに風紀課に勤務し、高級レストランで食事をし、キャディラックを乗り回しているような警官にとっては。

『ロング・グッドバイ』

「警官というのは脳腫瘍の患者にアスピリンを与える医者のようなものだ。もっとも現場の警官は治療のために革棍棒を使いそうだがな」

『ロング・グッドバイ』

毎晩お祈りをするかわりに、革棍棒に唾をかけて磨くというタイプの警官だ。

『さよなら、愛しい人』

彼らの目は、警戒怠りなく、何かをじっと待ち受ける目だった。どこまでも辛抱強く、隙を見せない目だった。冷ややかで尊大な目だった。警官の目だ。彼らは警察学校の卒業行進のときに、そういう目をひと揃い授けられるのだ。

『ロング・グッドバイ』

CRIME

犯罪

「それが犯罪とビジネスとの違いなんだ。ビジネスには資本が不可欠だ。両者の違いといえば、まあそれくらいのものだろう」

『ロング・グッドバイ』

犯罪は病気そのものじゃない。ただの症状なんだ。

『ロング・グッドバイ』

アメリカ人はでかくて、荒っぽくて、金があって、向こう見ずな国民だし、犯罪というのは我々がその見返りとして支払わなくちゃならない代価なんだ。そして組織犯罪は、組織社会というものの見返りに我々が支払わなくちゃならない代価なんだ。

『ロング・グッドバイ』

DAMES

女

「私はもっと練れた、派手な女が好きだ。卵でいえば固茹で、たっぷりと罪が詰まったタイプが」

『さよなら、愛しい人』

「こちらからお目にかかりたいと言ったわけでもない。あなたが私を呼びつけたんだ。私の前で偉そうにしようが、スコッチを昼食がわりにしようが、それは私の知ったことではない。脚を見せびらかすのもご自由だ。とても素敵な脚だし、良い目の保養をさせていただいた。私のマナーが気に入らなくてもけっこうです。もともと褒められたものではないから。それについては、冬の夜長に心を痛めもします」

『大いなる眠り』

時計の針さえ止めてしまいそうなご面相だったというのは彼女に対する侮辱になるだろう。それは暴走する馬だって止められただろうから。

『リトル・シスター』

彼女の舌の上では今や、一匙《ひとさじ》のアイスクリームだって溶けずに残りそうである。

『ロング・グッドバイ』

そしてまつげを、ほとんど頬にぴたりと寄り添うところまで下ろした。それからもう一度ゆっくりと上げていった。まるで劇場のカーテンみたいに。それが意味するところはわかる。そういう目つきをされると、私は床に仰向けになり、四つ足を宙にばたばたさせなくてはならないのだろう。

『大いなる眠り』

ドアを開けるときに振り向いて彼女を見た。ほっそりして浅黒く、美しく、そして微笑んでいた。性的な魅力にむせかえっていた。それはこの世界の——あるいは思いつける限りのすべての世界の——道徳的規範を遙かに凌駕したものだった。

たしかにこんな女は他のどこにもいない。私は静かに退出した。ドアを閉めようとしたときに、どこまでもソフトな声が私の耳に届いた。

「ねえあなた《クエリド》、あなたのことが大好きだったのに。惜しいわね」
私はドアを閉めた。

『リトル・シスター』

スポイルされた美しい娘、決して聡明ではない。彼女を巡ってものごとはとても面倒な方向に進んでいくが、それに対して誰も手を打とうとはしない。

『大いなる眠り』

私の唇の下の彼女の顔は、氷のようだった。彼女は両手を上げて私の頭をつかみ、私の唇に自分の唇を強く押し当てた。その唇もまた氷のようだった。

私が外に出ると、後ろでドアが音もなく閉まった。雨がポーチの屋根の下を吹き抜けていった。しかしそれは彼女の唇ほど冷ややかではなかった。

『大いなる眠り』

私は笑っている女をそのままにして去った。その声はしゃっくりをしているめんどりを思わせた。

『さよなら、愛しい人』

彼女はグラスを持ってやってきた。彼女の指が私の指に触れたとき、ひやりと冷たかった。グラスを持っていたせいだ。私はその指をしばらく握り、やがてそっと離した。陽光を顔に受けて目覚めた朝、魔法のかかった谷間に身を横たえつつ、夢を手放すときのように。

『さよなら、愛しい人』

二日酔いになるのはアルコールのせいとは限らない。私の二日酔いは女たちによってもたらされたものだった。女たちが私の体調を狂わせたのだ。

『大いなる眠り』

DEATH

死

死んだ人間に罪を負わせるほど楽なことはない。死人は何ひとつ反論しないからだ。

『ロング・グッドバイ』

いかに心が破られようと、死体はそれにも増して重いものだ。

『大いなる眠り』

サルビアの匂いが谷間から風に乗って上ってきて、死んだ男と月のない夜のことを私に思い出させた。

『さよなら、愛しい人』

いったん死んでしまえば、自分がどこに横たわっていようが、気にすることはない。汚い沼の底であろうが、小高い丘に建つ大理石の塔の中であろうが、何の変わりがあるだろう？　死者は大いなる眠りの中にいるわけだから、そんなことにいちいち気をもむ必要はない。石油や水も、死者にとっては空気や風と変わりない。ただ大いなる眠りに包まれているだけだ。どんな汚れた死に方をしようが、どんな汚れたところに倒れようが、知ったことではない。

『大いなる眠り』

「兄の身に何かが起こったと言いたいの？」、彼女の声はだんだんすぼんで、悲しげな囁きのようになった。まるで葬儀屋が前払い金を求めるときのように。

『リトル・シスター』

「彼はほんとうに死んだの？」と彼女は囁くように言った。「ほんとうに？」

「彼は死んでいる」と私は言った。「しっかり、そっくり、どこまでも死んでいるんだよ、レディー。彼は死んだ」

短篇「赤い風」

DECORATING

装飾

ロビーにはフラシ天とインド・ゴムの木が似合いそうだったが、実際にはガラス・ブロックと、コーニス照明と、三角形のガラスのテーブルを与えられ、どちらかといえば、精神病院から仮退院した人物の手で改装されたような雰囲気を漂わせていた。その基本的な色調は胆汁に似た緑であり、亜麻仁《あまに》の湿布に似た茶色であり、歩道のような灰色であり、猿のお尻のような青だった。その温厚静謐《せいひつ》なこと、裂けた唇並みだ。

『リトル・シスター』

DIVORCE

離婚

「離婚もきついのは最初の一回だけだ。二回目からは単なる財政的な問題に過ぎなくなるし、君にとっちゃそんなものは痛くも痒くもない」

『ロング・グッドバイ』

DOCTORS

医師

医師だって、我々と同じ普通の人間なのだ。悲しみに耽《ふけ》ることもあれば、限りなく続く惨めな闘いに従事することもある。

『水底の女』

ELIOT, T. S.

エリオット、T・S

「『私は歳をとる……私は歳をとる……ズボンの裾を折り上げてはくことにしよう』。これはいったい何を意味するのでしょうか、ミスタ・マーロウ？」

「意味なんてない。ただ言葉の響きがいいというだけだよ」

彼は微笑んだ。「これは『J・アルフレッド・プルフロックの愛の歌』の一節です。ほかにもあります。『部屋の中では女たちが行き来していた／ミケランジェロの話をしながら』。これはどのようなことを示唆しているのでしょう？」

「そうだね——それを書いた男は、女というものをわかっていない、ということを示唆している。私が思うに」

『ロング・グッドバイ』

表に出ると、エイモスがキャディラックを停めて私を待っていた。そしてハリウッドまで送り届けてくれた。私は一ドルを渡そうとしたが断られた。T・S・エリオットの詩集を買ってあげようかと持ちかけてみた。それなら持っていると彼は言った。

『ロング・グッドバイ』

EXPENSIVE PERFUME

高価な香水

それこそまさに、人が真に求めるべきものなのだ。一滴、喉の窪《くぼ》みに落とせば、それに相応《ふさわ》しいピンク色の真珠の粒が、まるで夏の雨のようにぱらぱらと、あなたの上に降りかかってくるだろう。

『水底の女』

EYES

目

彼の目はそれくらい深かった。またそこには表情というものがなかった。そして魂を欠いていた。目の前で人がライオンに食いちぎられているのを見ても、ぴくりとも乱れない目だ。瞼《まぶた》を切り取られた人が手脚を縛られ、灼熱の太陽に焼かれて泣き叫んでいるのを見ても、毛ほども動じない目だ。

『さよなら、愛しい人』

そしてあのお馴染《なじ》みの目。凍った水を思わせる、曇ったグレーの目だ。堅く結ばれた口、目の脇の硬い小さな皺。厳しくも虚ろな、真意を欠いた凝視。とことん残忍というのではないが、親切さからは千マイルも離れている。

『リトル・シスター』

FACES

顔

恐れるべきものなど何ひとつないという顔だ。人が考え得る限りのことが、その顔に対して仮借なくなされてきたのだ。

『さよなら、愛しい人』

FAST LIVING

生き急ぎ

立ち上がって造り付けの洋服ダンスに行き、ひびの入った鏡に顔を映した。確かに自分の顔だ。緊張で堅くなっている。人生を急いで生きすぎたのだ。

『リトル・シスター』

FOOD

フード

トーストされ、二本の楊枝でとめられ、レタスがわきからはみ出していれば、アメリカ人はどんなものだって文句を言わずに食べる。そのレタスがほどよくしなびていれば、もう言うことはない。

『ロング・グッドバイ』

「その違いがわかるくらい、君はたくさんの怪しげな連中と交際してきたようだ」
「他の人たちなんて、あなたに比べたらやわなものよ」
「ありがたいお言葉だ。しかし君だってイングリッシュ・マフィンというわけじゃない」

『大いなる眠り』

下に降りて、ドラッグストアのランチ・カウンターで二杯のコーヒーを飲み、メルト・チーズのサンドイッチを詰め込む時間はあった。サンドイッチには代用ベーコンが二きれもぐり込んでいた。水を抜いたプールの底の泥に埋もれた魚の死骸よろしく。

『リトル・シスター』

八十五セントの夕食は、捨てられた郵便袋みたいな味がした。給仕してくれたウェイターは二十五セントのために私を叩きのめし、七十五セントのためなら喉を裂くことも厭わぬ男だった。一ドル半に消費税をつければ、私をコンクリートの樽に詰めて、海に放り込みそうだ。

『さよなら、愛しい人』

GRAMMAR

文法

「あの男は俺に何も言わずにどっかに行っちまえた」、彼は思案深げにそう言った。

「あんたの文法は」と私は言った。「かつらに劣らずゆるいんじゃないか」

『リトル・シスター』

HEMINGWAY

ヘミングウェイ

「だいたいそのヘミングウェイって誰なんだ?」
「おんなじことを何度も何度も繰り返して言うやつだ。そのうちにそれは素晴らしいことなんだと、こっちも考えるようになる」

『さよなら、愛しい人』

HOLLYWOOD

ハリウッド

ハリウッドでは次から次に目を見はらされることが起こる。いちいち驚いていたら身がもたない。

『ロング・グッドバイ』

HOME

我が家

私は気にはしなかった。彼女が私をどのように罵《ののし》ろうが、誰が私をどのように罵ろうが、知ったことではない。しかしこの部屋は私がこれからも住んでいかねばならない場所なのだ。私にとって我が家《ホーム》と呼べるものは他にはない。ここにあるものはすべて私のものだ。私と何かしらの関わりを持ち、何かしらの過去を持ち、家族の代わりをつとめるものたちだ。たいしたものはない。何冊かの本、写真、ラジオ、チェスの駒、古い手紙、その程度のものだ。とくに価値はない。でもそこには私の思い出のすべてがしみ込んでいる。

『大いなる眠り』

部屋の鍵を開け、中に入って匂いをかいだ。戸口に立ち、ドアにもたれ、明かりをつける前に少し時間を置いた。いつもの匂いだ。埃と煙草の匂い。

それは男たちの送る暮らしの匂いであり、男たちが生き続ける世界の匂いだ。

『さよなら、愛しい人』

INSECTS

虫

リンゼイ・マリオット氏の顔は蜂を一匹呑み込んだような表情を浮かべた。それから苦労をして平常の顔を取り戻した。

「君は一風変わったユーモアのセンスを持っているようだ」と彼は言った。

「とくに変わってはいません」と私は言った。「遠慮がないだけです」

『さよなら、愛しい人』

長い指は死にかけた蝶のような動きを見せていた。

『さよなら、愛しい人』

机の角には蛾が羽を広げて死んでいた。羽をいためた蜂が一匹、窓の敷居の上を、木枠に沿ってよろよろと歩いていた。羽を動かしてはいたが、その音にはいかにも力がなかった。それが無益な試みであることは本人にもわかっているようだ。終わりが近づいていた。これまであまりに多くの使命を果たしてきたのだ。巣に戻るだけの力はもうない。

『ロング・グッドバイ』

「もし剃刀《かみそり》を持っていたら、あなたの喉を裂いてやるんだけど。何が流れるのか見るためだけにね」

「イモムシの血さ」と私は言った。

『大いなる眠り』

JAIL

留置場

留置場の中では、人は人格を持たない。彼はただの配置上の些細な対象であり、報告書の中の数行の記載に過ぎない。誰に愛され、誰に嫌われているか、どのような風貌で、何をして暮らしているか、そんなことは一顧だにされない。面倒を起こさないかぎり放っておかれる。虐待を受けることもない。彼に求められるのは、定められた監房に文句を言わずに入り、入ったあとはおとなしくしていることだけだ。

『ロング・グッドバイ』

KHACHATURYAN VIOLIN CONCERTO

ハチャトリアン・ヴァイオリン協奏曲

午前三時半に部屋を行きつ戻りつしながら、ハチャトリアンがトラクター工場で労働に励む様子に耳を澄ませた。彼はそれをヴァイオリン協奏曲と称していたが、私としては「緩んだファンベルトと、それがもたらす苦悶」とでも呼びたいところだ。

『ロング・グッドバイ』

KISSES

キス

「今どきキスをしたとかしなかったとか、いちいち騒ぎたてるようなことでもないのでしょう」

『ロング・グッドバイ』

KITTENS

子猫

私は彼女ににっこり微笑みかけた。狭い交換台にいる金髪の娘が貝殻のようなかたちの耳をそばだたせ、小さく軽やかな微笑を見せてくれた。彼女は愉しいことが好きで、その気になっているらしい。でもまだ今ひとつ自信が持てない。子猫にあまり興味を持たない家庭で飼われている新参の子猫のようだ。

『水底の女』

彼女はそのがま口をじっと手に持っていた。それがどれくらい薄くなったかを私に見せつけるように。それからデスクの上で紙幣をまっすぐに伸ばし、一枚ずつ重ね、こちらに押して寄越した。まるでお気に入りの子猫を溺死させるときのように、すごくつらそうに時間をかけて。

『リトル・シスター』

LAS VEGAS

ラス・ヴェガス

「彼は今ごろラス・ヴェガス行きのバスに乗っています。あちらに友だちがいて、仕事を世話してもらえるそうです」

それで彼女の声はぱっと明るくなった。「あら――ラス・ヴェガスに行ったんですって？　きっとセンチメンタルな気持ちになったのね。私たちはそこで結婚したのよ」

「そのことをきっと忘れていたんですね」と私は言った。「覚えていたら、ほかに向かったはずだ」

『ロング・グッドバイ』

LAW

法律

「法律は正義じゃない。それはきわめて不完全なシステムなんだ。もし君がいくつかの正しいボタンを押し、加えて運が良ければ、正義が正しい答えとしてあるいは飛び出してくるかもしれん」

『ロング・グッドバイ』

LIARS

嘘つき

一瞬のことだが、私は彼の言い分をほとんど信じそうになった。男の顔はまるで天使の翼のように滑らかだった。

『さよなら、愛しい人』

LITERATURE

文学

コンマが多く混ざるしゃべり方をする人物だった。分厚い純文学でも読んでいるみたいだ。

『ロング・グッドバイ』

LONELINESS

孤独

三三二号室は建物の裏手に面し、非常階段に通じるドアの近くにあった。その部屋に向かう廊下には、古いカーペットと家具オイルの匂いがした。ぱっとしない人生を送った、幾多の無名の人々のうらぶれた匂いもした。

『リトル・シスター』

孤独な人間はいつもしゃべりすぎる。しゃべりすぎるか全然しゃべらないか、どちらかだ。

『リトル・シスター』

私は星と星とのあいだの空間のように、虚ろで空っぽだった。

『ロング・グッドバイ』

案山子《かかし》のポケットみたいに生気をすっかり抜かれた気持ちだった。

『大いなる眠り』

LOS ANGELES

ロサンジェルス

キャブリロ・ストリートまで全部で二百八十段の階段を上らなくてはならなかった。階段には吹き寄せられた砂がかぶり、手すりはまるでヒキガエルの腹みたいにひんやり湿っていた。

『さよなら、愛しい人』

やがて海の匂いが微かに漂ってきた。さして強いものではない。それでもここがかつては美しく広がる海岸だったことを、人々に思い出させるのに十分な匂いだった。そこには波が打ち寄せ、細かい泡をつくり、風が吹いて、温められた脂肪や冷えた汗以外の香りを嗅ぐこともできたのだ。

『さよなら、愛しい人』

右手では、むっちりと肥った広大な太平洋が、帰途に就く掃除女のように力なくよろよろと岸に打ち寄せていた。月もなく、ひっそりとして、波音さえろくに聞こえない。匂いすらない。海につきものの、きつく荒々しいあの匂いがないのだ。カリフォルニアの海だ。

『リトル・シスター』

「ロサンジェルスはただの日当たりの良い、がらんとした乾いた場所だった。建物はどれも垢《あか》抜けしない不細工なものだったが、人情が良くてのんびりしていた。気候は今みんなが自慢たらしく言い立ててるのと同じものだった。人々は外に出てポーチで眠った。インテリを気取った少数のグループは、アメリカのアテネと称していた。それは言い過ぎだが、かといってネオンの灯《とも》ったスラムでもなかった」

『リトル・シスター』

家に戻ると、強い酒を作り、居間の開いた窓のそばに行って、それをちびちび飲んだ。ローレル・キャニオン大通りを行き交う車が立てる地鳴りに耳を澄ませ、怒れる大都市が丘の斜面に投げかけるぎらぎらとした光を眺めた。大通りはその丘のあたりで視界から消えている。警察車両だか救急車だかの泣き叫ぶようなサイレンが高まり、やがて消えていった。静寂が長くつづくことはない。一日二十四時間、休みなく誰かが逃げ、誰かがそれを追っている。犯罪に満ちた夜の中で、人々は死んでいく。手足を切断されたり、飛んでくるガラスで切られたり、ハンドルに叩きつけられたり、重いタイヤに踏まれたりして。人々は殴られ、強奪され、首を絞められ、レイプされ、命を奪われる。人々は腹を減らせ、病気を患い、退屈し、孤独や後悔や恐怖で自暴自棄になり、怒り、残酷になり、熱に浮かされ、身を震わせてすすり泣く。都会なんてどこも同じだ。都市は豊かで、活気に満ち、誇りを抱いている。その一方で都市は失われ、叩きのめされ、どこまでも空っぽだ。

『ロング・グッドバイ』

LOVE

愛

「愛《ラブ》なんてまったくぱっとしない単語ね」と彼女は考え込むように言った。「愛の詩の傑作を幾多生み出してきた英語が、そんな弱々しい言葉で我慢しているなんてまさに驚きだわ。そこには生命もなければ、共鳴もない。それが私に思い起こさせるのは、しわだらけのサマードレスを着た少女の姿ね。小さなピンク色の微笑みを浮かべ、おずおずした小さな声を出して、たぶんぜんぜん似合わない下着を着せられて」

『リトル・シスター』

LUXURY CARS

高級車

車は縁石から離れ、角を曲がっていったが、財布の中で紙幣がこすれるほどの音しか立てなかった。

短篇「トラブル・イズ・マイ・ビジネス」

MARLOWE, PHILIP

マーロウ、フィリップ

「あなた自身について少し教えていただけませんか、ミスタ・マーロウ。もしお嫌じゃなければということですが」

「何を知りたいんですか？　私は認可を受けた私立探偵で、けっこう長く仕事をしています。一匹狼で独身で、中年になりかけている。裕福ではありません。一度ならず留置場入りしたことがあり、離婚がらみの仕事は引き受けません。酒と女とチェス、それ以外にもいくつか好むものごとがあります。警官にはあまり好かれていないが、気心の通じる警官も一人か二人います。ここの生まれです。サンタ・ローザ。両親はすでに亡くなりました。兄弟姉妹はいません。ですからもしどこかの暗い裏通りで闇討ちにあってあえなく命を落としたとしても、誰かを悲嘆にくれさせることはありません。私たちの稼業ではそれはあり得ないことも言えませんからね。あるいは昨今じゃ、場所や職種を選ばずそれくらいのことは起こり得るのかもしれませんが」

『ロング・グッドバイ』

MARLOWE, PHIL

マーロウ、フィル

「あなたは私がこれまで会った中では、誰よりも冷たい血を持った獣よ、マーロウ。それともフィルって呼んでいいのかしら？」

「もちろん」

「私のことはヴィヴィアンって呼んでいいのよ」

「ありがとう、ミセス・リーガン」

「あんたなんかくたばればいいのよ、マーロウ」


『大いなる眠り』

MARRIAGE

結婚

「百人のうち二人には、結婚は素晴らしいものだろう」

『ロング・グッドバイ』

彼の示した驚きは、即席結婚のための金の指輪くらい薄っぺらなものだった。

『ロング・グッドバイ』

「しかし結婚というのがどういうものか、あんたにだってわかるだろう。それがどのような結婚であれ、少し時間がたてば、おれのような男は——どこにでもいるろくでなしの男は——身体がむずむずしてくるんだ。ほかの女の脚につい目が行くようになる。しょうもないことなんだろうが、こいつばかりはなかなか思い通りにならん」

『水底の女』

MONEY

金

「でかい金はすなわちでかい権力であり、でかい権力は必ず濫用される。それがシステムというものだ。そのシステムは今ある選択肢の中では、いちばんましなものなのかもしれない。しかしそれでも石鹸の広告のようにしみひとつないとはいかない」

『ロング・グッドバイ』

MORNING

朝

翌朝私は、前夜手にした大きな報酬のせいでいつもより朝寝をした。一杯余分にコーヒーを飲み、一本余分に煙草を吸い、一枚余分にカナディアン・ベーコンを食べた。そしてもうこれから二度と電気剃刀《かみそり》は使うまいと、三百回めの誓いを立てた。

『ロング・グッドバイ』

私はパジャマ姿でベッドの端に腰掛けていた。起きあがることを考えていたが、なかなかそこまでの決心はつかなかった。気分爽快とまではいかずとも、予想していたほどひどくもない。会社勤めをするのに比べたら数段ましな気分だ。

『さよなら、愛しい人』

頭は痛み、膨らんで感じられ、熱く火照《ほて》っていた。舌は渇き、砂利が乗っているみたいだった。喉はざらざらし、顎には天下無敵という勢いはなかった。しかしこれよりひどい朝を迎えたことはある。

『さよなら、愛しい人』

さわやかな朝だった。人生を単純で甘美なものにしてくれるだけの活気が、空気の中にあった。もし心に重くのしかかるものがなければということだが、私にはそれがあった。

『大いなる眠り』

それから手が下におろされて素早く何かをいじり、着ていたローブの前が開かれた。その下はまったくの裸だった。『九月の暁』※のごとく遮《さえぎ》るものもなかったが、絵画にあるようなはにかみの色はなかった。

『ロング・グッドバイ』

※シャバの絵画

NEEDS

必要

私には酒が必要だった。高額の保険が必要だった。休暇が必要だった。郊外の家が必要だった。しかし今のところ私が手にしているのは、上着と帽子と拳銃だけだ。

『さよなら、愛しい人』

NIGHT

夜

夜だった。窓の外にみえる世界は真っ暗だ。

『さよなら、愛しい人』

NOTHING

ないこと

そのあと三日ばかり、何ごとも起こらなかった。誰にも殴られず、誰にも撃たれず、事件から手を引けと電話で脅すものもいなかった。家出した娘やら、間違いをしでかした妻やら、なくなった真珠の首飾りやら、消えた遺言状やらを捜してくれと言う依頼人も現れなかった。私はただそこに座って壁を眺めていた。

『ロング・グッドバイ』

「人はまるで意味のないことのために撃たれてきたさ」

『大いなる眠り』

ORCHIDS

蘭

なにしろ植物だらけで、森の中にいるような気分だった。不気味な肉厚の葉、洗われたばかりの死人の指のような茎、それらは毛布の下でアルコールを沸騰させているような強烈な匂いを放っていた。

『大いなる眠り』

「いやらしい代物だ。やつらの肉は人間の肉にあまりにも似ている。香りはまさに娼婦の腐った甘さだ」

『大いなる眠り』

PEKINESE

狆

私は這っている娘を追い越し、先に銃を拾い上げた。彼女は私を見上げ、くすくす笑った。私は拳銃をポケットに収め、彼女の背中をとんとんと叩いた。

「起きるんだ、エンジェル。それじゃまるで狆《ちん》みたいだぜ」

『大いなる眠り』

POLITICS

政治

ピーターセン署長は選挙になれば必ず勝った。きれいな鼻筋と、写真映りの良い横顔と、きりっと閉じられた口さえあれば、資格や能力には関係なくこの国では重要な公職に永遠に就いていられる。彼はその生きた例証のようなものだ。おまけに乗馬姿が凜々しいとなれば、まさに天下無敵である。

『ロング・グッドバイ』

PRIVATE DICKS

私立探偵

「私立探偵が一人、おれはそれしきのものに煩《わずら》わされたりはしないよ」と彼は言った。
「そうだろうか。私立探偵というのはたった一人でもけっこう厄介《やっかい》なものだぜ。なにしろしつこいし、肘鉄砲をくわされるのには馴れっこになっている。時間で雇われており、その時間を目いっぱい使って、君をいたるところから煩わせることができる」

『水底の女』

「最初に君に会ったとき、私は私立探偵だと言った。そのことを君の美しい頭によく叩き込んでおくといい。私はそれを飯のたねにしている。遊び半分でやっているわけじゃない」

『大いなる眠り』

「私に何をしてもらいたいのですか、ミスタ・キングズリー？」
「何が知りたいのだ？　そもそもきみは探偵の仕事ならなんだってやっているんだろう。違うのか？」
「なんだってというわけではありません。いちおう筋の通ったことだけをやっています」

『水底の女』

「お酒と名のつくものを口にするような人を私、探偵として雇いたくありません。煙草ですら許せないのです」

「オレンジの皮を剝《む》くのはかまいませんか？」

電話の向こうで、はっと息を呑む声が聞こえた。「少しは紳士らしい口の利き方をなさったら」と彼女は言った。

「大学社交クラブを試してごらんなさい」と私は言った。「紳士の残り在庫がまだ少しあると耳にしました。あなたにまわしてくれるかどうかまではわからないが」。そして電話を切った。

『リトル・シスター』

「君はたしか私立探偵だったね」

「そのとおりです」

「君はきわめて愚かしい人間のようだ。いかにも愚かしく見えるし、愚かしい仕事をしている。そして愚かしい目的を持ってここに来た」

「なるほど」と私は言った。

「私はたしかに愚かしい。それが理解できるまでに時間がかかったが」

『さよなら、愛しい人』

そのようにして私立探偵の一日が過ぎていった。典型的な一日というわけでもないが、それほど特殊な一日ともいえない。どうしてこんな商売を続けているのか、自分でもよくわからない。金持ちになれるわけでもないし、愉しいことがそうそうあるわけでもない。ときには叩きのめされたり、銃で撃たれたり、留置場に放り込まれたりもする。こんなことを続けていたら、とても長生きはできないだろう。二カ月に一度くらいは、この商売から足を洗おうと決心する。まだ頭をしっかり上げて歩けるうちに、もう少し気の利いた仕事を見つけようと。ところがそのときドアのブザーが鳴る。待合室とのあいだのドアを開けると、見知らぬ誰かがそこに立っている。その誰かは新手の問題を抱え、新手の悲しみを背負い、ささやかな金を手にしている。

『ロング・グッドバイ』

PROUST, MARCEL

プルースト、マルセル

「あなたはベッドの中で仕事をなさるのかと思い始めていたところよ。マルセル・プルーストのように」

「誰だろう、それは?」、私は煙草を口にくわえ、彼女の顔をまじまじと見た。彼女の顔は心持ち青白く、緊張しているように見えた。しかし彼女は、緊張を抱えながらも自らを保てる女性のように見えた。

「フランスの作家よ。性的倒錯についての権威。あなたはきっとご存じないでしょうけど」

「なんの、なんの」と私は言った。「私のささやかな閨房《けいぼう》にお招きしたいものだ」

『大いなる眠り』

PUBLISHERS

出版人

「しかしおおむねは、どこかのカクテル・パーティーでいろんな人に紹介され、その中に小説を書いているという人が何人かいて、こっちは酒が入って気が大きくなり、人類愛に目覚めているもので、よろしい、原稿を拝見いたしましょう、みたいなことになってしまうわけです。かくして目をむくばかりの素早さで、原稿がホテルに届けられます。そうなるとこちらも、一応かたちだけでも目を通さないわけにはいきません」

『ロング・グッドバイ』

THE RICH

金持ち

彼に会うのはダライ・ラマに会うのと同じくらい難しいのだ。一億ドルも資産のある人間は、召使いやら、ボディーガードやら、秘書やら、弁護士やら、飼い慣らされた重役やらを盾にして、普通ではない生活を送っている。たぶん彼らだって我々と同じように食事をし、眠り、散髪をし、洋服を着るのだろう。しかし本当のところはよくわからない。彼らについて我々が得ている情報は、丹念に修正を加えられたあとのものである。適当な――消毒済みの注射針のようにシンプルでクリーンでシャープな――人間像を世間向きにでっち上げるために、一群の広報係が高額で雇われる。その人物像は真実である必要はない。いくつかの周知の事実と齟齬《そご》矛盾がなければ、それでいい。そして彼らについて我々が知り得る事実といえば、両手の指で数えられるほどしかないのだ。

『ロング・グッドバイ』

金持ちは常に手厚く守られ、常夏《とこなつ》の世界に住んでいる、そんなことを言うものもいる。僕は金持ち連中と世界をともにしてきたが、彼らはただの退屈した淋しい人たちに過ぎない。

『ロング・グッドバイ』

「どうだった？」と彼女は静かな声で訊いた。「お父様とはうまく話ができて？」

「悪くない。彼は文明についての講釈をしてくれた。つまりそれがどのように彼の目に映るかについてね。あとしばらくは現状のまま放置しておくおつもりのようだ。しかしくれぐれも注意して、彼の私生活に干渉しないようにした方がいい。さもないと神様に電話をかけて指示を差し替えるかもしれない」

『ロング・グッドバイ』

「本気で何かをほしがることなど連中にはないんだ。他人の奥さんをべつにすればね。しかしそんな欲望ですら、配管工の女房が居間に新しいカーテンをほしがるのにくらべたら実に淡白なものだ」

『ロング・グッドバイ』

「僕は金持ちなんだぜ。その上幸福になる必要がどこにある」

『ロング・グッドバイ』

ROLLS-ROYCE

ロールズロイス

暗い赤みのかかった美しい髪で、微笑みを遠くに向けて浮かべ、肩にはブルー・ミンクのショールを掛けていた。ロールズロイスがそのへんのありきたりの車に見えてしまいそうなほど豪勢なショールだが、とはいえやはりロールズはロールズである。結局のところ、それがロールズロイスという車の意味なのだ。

『ロング・グッドバイ』

SANTA ANA WINDS

サンタアナの風

その夜、砂漠からの風が吹いた。例の熱く乾いたサンタアナの風だ。峠の上から吹き下ろして、人の髪を乱し、神経を逆立て、肌をちくちくさせる。そんな夜には、酒を出すパーティーはみんな殴り合いで終わることになる。おとなしい小柄な妻たちは、肉切り包丁の刃先を指で確かめながら、夫の首を見定める。

短篇「赤い風」

道々いたるところ、家々の庭はしなびて黒ずんだ葉や花で覆われていた。すべては熱風に焼かれたのだ。

短篇「赤い風」

SCOTCH

スコッチ

カリフォルニアの夕暮れは素早い。それは美しい夜だった。西の空に浮かんだ金星は街灯のように明るく、人生のように明るく、ミス・ハントレスの瞳のように明るく、スコッチの瓶のように明るかった。

短篇「トラブル・イズ・マイ・ビジネス」

スコッチはハリウッドに着くまでずっと私の中に残っていた。良い酒はこういう残り方をするというお手本のような酔い方だった。赤信号があればそのたびにしっかり停まった。

『さよなら、愛しい人』

降りていくエレベーターの中で、彼の部屋にとって返し、スコッチのボトルを手からもぎ取りたいという強い思いに一瞬襲われた。しかしそれは私には関わりのないことだし、そうしたところで問題は解決しない。酔っぱらいというのは、酒がほしければ何をしてでも手に入れる。わかり切ったことだ。

『ロング・グッドバイ』

SEX

セックス

「興奮を求めるのならそれでいい。しかし感情としては不純だ。つまり美的見地から言って不純ということさ。セックスを軽んじているわけじゃない。なくちゃならんものだし、常に醜いというわけでもない。でも四六時中の細かい気配りが要求される。セックスを輝かしく保つのは何億ドル規模の大事業になるし、すべてにくまなくコストがかかる」

『ロング・グッドバイ』

枕には彼女の頭のあとがついていた。その小さな堕落した身体はシーツの上にまだ残されていた。私は空になったグラスを置き、ベッドから一切の寝具を荒々しく剝《は》ぎとった。

『大いなる眠り』

放蕩は男を老けさせるが、女を若く保たせると人は言う。人はいろんなつまらないことを言う。

『ロング・グッドバイ』

「男ってみんな同じなんだから」
「女だってみんな同じですよ。最初の九人を別にすれば」

『さよなら、愛しい人』

その唸るような声は今では劇場案内嬢のまつげのように偽物っぽくなり、西瓜《すいか》の種のようにつるつる上滑りになっていた。

『大いなる眠り』

SMILES

微笑み

彼女の微笑みは心地よく、同時にまたとげとげしかった。
『さよなら、愛しい人』

その微笑みは冷凍した魚みたいにこわばっていた。
『さよなら、愛しい人』

彼女の微笑みは鋼鉄のようで、その鋭い視線はヒップポケットの中の金額まで勘定できそうだった。
『ロング・グッドバイ』

陽光は給仕頭の微笑みのように空疎だった。

『大いなる眠り』

SMOG

スモッグ

何もかもがスモッグのせいになった。カナリアが鳴かなくなるのも、牛乳配達が遅れるのも、狆《ちん》にノミがつくのも、糊のきいたカラーをつけた老人が教会に行く途中で心臓発作を起こしてぽっくり死んだのも、すべてはスモッグのなせる業だ。

『ロング・グッドバイ』

SOCIETY

社会

ディナー・ジャケットに身を包んだ、当たり前に感じの良い青年の一人でしかない。人々に湯水のごとく金を使わせることを唯一の目的として作られた高級クラブに足を運び、そのとおり金を使ってきた人種だ。

『ロング・グッドバイ』

SORE KNUCKLES

ひりつくこぶし

彼の顎が落ちて、私はそれを殴りつけた。最初の大陸横断鉄道の、最後の犬釘を打ち込むみたいにしっかり叩いた。こぶしを握ると、今でもそのときの感触がよみがえる。

短篇「赤い風」

SPARROWS

雀

元気の良い樫《かし》の木は見事に葉を繁らせ、どんな人間が通りかかっているのか見届けてやろうと道路に向かって身を乗り出している。バラ色の頭の雀《すずめ》たちがひょいひょいとはねながら何かを、雀にしか価値を見いだせない何かをつついている。

『ロング・グッドバイ』

SUBURBAN LIFE

郊外暮らし

社交クラブが湖と湖畔の土地をそっくり所有しており、もしクラブに入会を認めてもらえなければ、水遊びひとつできない。彼らは「人を選ぶ」し、それはつまり金だけではものごとは動かないということだ。私はそういう場所には不向きな人間だ。小タマネギがバナナ・スプリットに合わないのと同じくらい。

『ロング・グッドバイ』

もう少し時間がたてば暑くはなるだろう。しかしそれは洗練された、お上品な、高級感の漂う暑気だ。砂漠地帯のようなむき出しの暑さではないし、肌にまとわりつく都会の暑さとも違う。アイドル・ヴァレーは、人が住むには申しぶんのない場所だ。見事な屋敷と、見事な車と、見事な馬と、見事な犬を持った見事な人々。おそらくは子供たちだって申しぶんないのだろう。

しかしマーロウという名前を持つ男が望むのはただひとつ、そこから退散することだけだった。それも早々に。

『ロング・グッドバイ』

SUICIDES

自殺

自殺には実に様々なやり方がある。酒を飲んで死ぬものもいれば、立派なシャンパン・ディナーをとってから死ぬものもいる。正装して死ぬものもいれば、全裸で死ぬものもいる。高いところに上って死ぬものもいれば、どぶの中で死ぬものもいる。浴室で死んだり、水の中で死んだり、水上で死んだり、船上で死んだりする。納屋で首をくくるものもいれば、ガレージで排気ガスを吸い込むものもいる。この男の死に方はどちらかというと単純な部類だ。

『ロング・グッドバイ』

TIME

時間

時が足音を忍ばせ、唇に指を当てて、しずしずと過ぎていった。

『水底の女』

TOUGH GUYS

タフガイ

「俺が誰だか知っているか、はんちく？」

「君の名前はメネンデスだ。その世界ではメンディーと呼ばれている。ハリウッドの大通り《ストリップ》あたりが縄張りだったな」

「ほほう。どうして俺がそんなに大物になったと思う？」

「知らないね。おそらくメキシコの売春宿のひもからのしあがったんだろう」


『ロング・グッドバイ』

「わかったよ、タフ・ボーイ。度胸があるようだな。いいことを教えてやろう。人はここに入ってくるときには格好も違えば、サイズも違っている。しかし出て行くときにはみんな同じサイズと格好になっている。縮んで、身を屈めている」

『ロング・グッドバイ』

TROUBLE

トラブル

テリー・レノックスは私にさんざん面倒をかけてくれた。しかし考えてみれば、面倒を引き受けるのが私の飯のたねではないか。

『ロング・グッドバイ』

VEGETARIANS

菜食主義者

もっとも抑制のきく麻薬中毒患者なら、菜食主義の会計士と見かけはとくに変わらない。

『ロング・グッドバイ』

VENTURA BOULEVARD

ヴェンチュラ大通り

軽量化したフォードに乗った飛ばし屋たちが勢いよく路線変更をして、ぎりぎり数ミリの隙間を残してバンパーをぶっつけることを免《まぬか》れている。どうしてぶつからずに済むのか、よくわからない。埃まみれのクーペやセダンに乗った疲れた男たちはたじろぎ、ハンドルをしっかりと握り締め、我が家に向けて、夕食に向けて、北に西にとぼとぼと家路を辿る。家で彼を待っているものといえば、新聞のスポーツ・ページか、騒がしいラジオの音か、甘やかされた子供たちの泣き声か、愚かな細君の果てしないおしゃべりか、その程度のものなのだが。けばけばしいネオンと、その背後にある見かけ倒しの店構えの前を過ぎ、宮殿のように見せかけたぺらぺらのハンバーガー・ショップの前を通り過ぎた。

『リトル・シスター』

WILD FLOWERS

野生の花

かさかさの白髪がいくつかの房になって、頭皮にしがみついていた。まるで野生の花が、むき出しの岩の上で生命を維持するべく闘っているみたいに。

『大いなる眠り』

道路の反対側はむき出しの粘土の土手になって、しぶとそうな野生の花がいくつか、ベッドに行くのを拒否する強情な子供たちのように、端っこにしがみついて咲いていた。

『さよなら、愛しい人』

WOMEN'S CLOTHING

女の服

彼女は白いウールのスカートをはき、バーガンディー色のブラウスに、黒いビロードの半袖オーバー・ジャケットを着ていた。髪はホットな夕焼けみたいな赤だった。金色のトパーズのブレスレットをはめ、トパーズのイヤリングをつけ、盾の形をしたトパーズの夜会用指輪《ディナーリング》を指にはめていた。指のマニキュアの色は、ブラウスの色とぴったり同じだった。まるで二週間かけて整えたみたいな身なりだ。

『リトル・シスター』

彼女は肯き、机の向こうで立ち上がった。そしてさらさらという音を立てながら私の前にやってきた。ぴたりとしたドレスはまるで人魚の肌のようで、彼女がとても素晴らしい身体をしていることが見て取れた。腰から下が、上より四サイズばかり大きいところがお気に召せばだが。

『さよなら、愛しい人』

「もう一回君に服を着せるのは勘弁してもらいたい。こっちはくたくたなんだ。君が差し出してくれたものについては感謝している。私なんかがいただくには立派すぎる代物だ」

『大いなる眠り』

WRITERS

作家

「僕は作家だ」とウェイドは言った。「何が人を動かすのかを見きわめるのが仕事だ。しかし皆目わからん」

『ロング・グッドバイ』

訳者のあとがき

村上春樹

このPhilip Marlowe's Guide to Life（2005）という本はしばらく前から僕の家の本棚に置いてあったのだが、まさかこんなささやかな、そしてきわめて趣味的な書物が日本で翻訳出版されることになるとは思ってもみなかった。しかし十年かけてレイモンド・チャンドラーの七冊の長篇小説の個人訳を仕上げてしまったあと、「こういうのを記念品みたいなかたちで出してみても面白いんじゃないかな」という気持ちがだんだん高まってきて、早川書房の編集者である山口さんに「ひょっとして、どうでしょう？」と持ちかけてみたら、「いいですねえ、是非やりましょう」という返事がすぐに返ってきた。

この本をつくったマーティン・アッシャーは、実を言うと僕の個人的な友人である。親しい友人たちにはマーティーと呼ばれているが、場合に応じてマーティンとマーティーの名前を使い分けているようだ。ニューヨークの出版社クノップフ（ランダムハウス）に長年勤務し、同社のトレードペーパーバック部門であるヴィンテージの筆頭編集者（editor in chief）をつとめていた。僕がヴィンテージから出している作品は、ある時点まではすべて彼が担当してくれた（ほかにコーマック・マッカーシーやリチャード・フォードやフィリップ・ロスなんかの作品を担当していたようだ）。ニューヨークのやり手編集者というと、派手でアグレッシブで「俺こそが……」というタイプの人が少なくないのだが、マーティーはそういうタイプではまったくない。物静かで、知的で、少しくたびれたツイードのジャケットの似合う上品な人だった。きれいな白髪で、眼鏡をかけ、編集者というよりは名門大学の先生のように見える。生まれたのは一九四五年だから、僕より少し年上になる。

ある日、僕のエージェントであるアマンダ・アーバンの、アッパーイーストにあるアパートメントで夕食会があり、その帰り道マーティーと二人で並んで歩きながらいろんな話をした。家族の話をしたり、音楽の話をしたり、出版の話をしたりした。マーティーはクラシック音楽とジャズに詳しく、ニューヨークの中古レコード屋のこともよく知っていて、話は尽きなかった。穏やかな人だが、話題が興味のあることになると、けっこう熱心に話す。しかしなぜかレイモンド・チャンドラーの話は一度も出なかったような気がする。ヴィンテージはチャンドラーのほとんどすべての作品を独占出版しているし、その話がどこかで出てもよかったはずなのだが、彼とチャンドラーについて話をした記憶がまったくない。この本を手にして、彼がチャンドラーの熱烈なファンであることを知ったときには、彼は既にヴィンテージでの仕事を辞めていたので、それ以後顔を合わせることもなくなり、チャンドラーの話をする機会も持てないままになってしまった。残念なことをした。

マーティーが二十一年間にわたって勤めてきたヴィンテージを辞めたのは二〇〇八年のことだが、その理由は定かではない。僕のほうにもまったく連絡がなかった（彼らしくない）。何人かの共通の知人に「ねえ、どうしてマーティーはヴィンテージを急に辞めたの？」と尋ねてみたのだが、誰もがちょっと気まずい顔をして言葉を濁した。どうやら何か個人的な事情があったらしい。でも誰も詳しいことは教えてくれなかった。僕もあえては聞かなかった。

それはまったく突然のことであったらしく、ヴィンテージの創始者であるジェイソン・エプスタインは、ある日マーティーの辞職願を受け取って、驚愕している。「ランダムハウスにとってはまさに大きな痛手だ」と彼は言う。「これほどの喪失はない。彼に匹敵するような人物はほかにいないもの。本のラインナップをきちんと揃え、興味深い水準に保っておくのはとても難しいことだが、彼はそれをしっかり成し遂げていた。感情的にまったくムラのない人で、彼が興奮したところを私は一度として目にしたことがない。仕事をきちんと仕上げて、静かに家に帰っていく。彼はまさに誰もが求めるような人物なのだ」

そうだよな、それがまさにマーティーだよな、と僕も思う。日々静かに良い仕事をし、ある日静かにそこを去っていく。そして彼は密かに、静かに、個人的に、フィリップ・マーロウの世界を愛していたのだ。それがマーティーなのだ。

マーティーは二〇〇〇年に『名もなきベビーブーマーの一生。(*The Boomer*)』という小さな小説をクノップフから出版している。日本語にも翻訳され、アーティストハウスから二〇〇二年に出版されている(石田善彦訳)。題名通り、「団塊の世代」に生まれた一人の男が成長し、大人になり、平凡と言えば平凡な人生を送り、そして病を得て死んでいく話だ。その一生が百の短い文章で(だいたい三行か四行)、まるでスライドショーを見ているみたいに淡々と語られていく。とてもユニークでチャーミングな、そして趣味の良い本だ。訳書をみつけるのはちょっとむずかしいかもしれないが、興味のある方は手にとっていただきたいと思う。

この『フィリップ・マーロウの教える生き方』には、フィリップ・マーロウの登場する長篇小説と短篇小説から、マーティー・アッシャーの気に入った引用句が集められている。早川書房の編集者には「そこに村上さんの気に入った引用もプラスしてもらえませんか」と言われたのだが、ゲラにして通して読んでみると、マーティーがここに選んだものに僕があえて付け加えるべきものなんて何もないんじゃないかという気がだんだんしてきた。そんなことをしても屋上屋を重ねる、というようなことになるのではあるまいか。この本に集められたのは、あくまでマーティーが描いたフィリップ・マーロウ像なのであって、それだけできちんと完結させておくのがいちばん良いのではないかと思った。

しかしよく読んでみると、この『フィリップ・マーロウの教える生き方』には『高い窓』と『プレイバック』からの引用がまったくないことに気づいた。どうしてかはわからないが、ただのひとつもないのだ。しかしその二冊の小説の中にもなかなか愉快な、含蓄のある文章はある。だから——蛇足かもしれないが——その二作の中から僕なりにいくつかの「名文句」みたいなものを選んでみた。

GUN

銃

「銃ではなにごとも解決しない」と私は言った。「銃というのは、出来の悪い第二幕を早く切り上げるためのカーテンみたいなものだ」

『プレイバック』

「おれにそういう口の聞き方をしていると、今にチョッキに鉛のボタンをつけることになるぜ」

「それはそれは」と私は言った。「チョッキに鉛のボタンをつけた気の毒なマーロウ」

『高い窓』

DANCEFLOOR

ダンスフロア

ダンスフロアでは半ダースほどのカップルが、関節炎を患った夜警のような捨て鉢な身振りで自らの身体を振り回していたが、ほとんどは頬を寄せて静かにダンスをしていた。もしそれをダンスと呼ぶことができればだが。

『プレイバック』

音楽が終わり、まばらな拍手があった。楽団はそれに深く心を動かされ、別の曲を始めた。

『プレイバック』

「私は妻を愛している」と彼は唐突に言って、白く並んだ硬い歯の先を見せた。「古くさく聞こえるかもしれないが、本当のことだ」

「ロンバルドス楽団も古いが、まだ人気がある」

『高い窓』

彼の微笑みは、消防士たちのダンスパーティー会場の太ったご婦人のように心もとなかった。

『高い窓』

HARD

硬い心

「これほど厳しい心を持った人が、どうしてこれほど優しくなれるのかしら？」、彼女は感心したように尋ねた。

「厳しい心を持たずに生きのびてはいけない。優しくなれないようなら、生きるに値しない」

『プレイバック』

アルコールはこいつの治癒にはならない。誰も求めない、何も求めないという硬い心を持つほかに、治癒らしきものはない。

『プレイバック』

「状況はよくありません」と私は言った。「警察が私を追っています」
彼女は牛肉の片面ほども動揺しなかった。

『高い窓』

TOUGH GUYS

タフガイ

「マーロウ」と彼は言った。その声は前よりも更に熱気を帯びていた。「そうなるまいと努力はするつもりだが、私は君のことがだんだん癇《かん》に障ってきそうだ」

「こちらは怒りと苦痛で、悲鳴を上げかけているところだ」と私は言った。「素直な言葉で言わせてもらえば、君のタフガイぶった演技はものすごく鼻につく」

「君の口からそういう言葉を聞くと、身を切られるようだ」

『高い窓』

VIEW

眺め

我々が芝生を横切って近づいていくと、女は気怠《けだる》そうにこちらに目を向けた。十メートル手前から見ると、とびっきりの一級品に見えた。三メートル手前から見ると、彼女は十メートル手前から眺めるべくこしらえられていることがわかった。

『高い窓』

その家が視界から消えていくのを見ながら、私は不思議な気持ちを抱くことになった。どう言えばいいのだろう。詩をひとつ書き上げ、とても出来の良い詩だったのだが、それをなくしてしまい、思い出そうとしてもまるで思い出せないときのような気持ちだった。

『高い窓』

MODESTY

謙虚さ

「あなたは自分のことを知恵の働く人間だと思っているのかしら、ミスタ・マーロウ？」

「まあ、あふれてこぼれ落ちるほどでもありませんが」と私は言った。

『高い窓』

本書は、早川書房より二〇一八年三月に単行本として刊行された作品を文庫化したものです。

ロング・グッドバイ

The Long Goodbye

レイモンド・チャンドラー

村上春樹訳

私立探偵フィリップ・マーロウは、億万長者の娘シルヴィアの夫テリー・レノックスと知り合う。あり余る富に囲まれていながら、男はどこか暗い陰を宿していた。何度か会って杯を重ねるうち、互いに友情を覚えはじめた二人。しかし、やがてレノックスは妻殺しの容疑をかけられ自殺を遂げてしまう。その裏には哀しくも奥深い真相が隠されていた。新時代の『長いお別れ』が文庫で登場

ハヤカワ文庫

リトル・シスター

The Little Sister

レイモンド・チャンドラー

村上春樹訳

「行方不明の兄オリンを探してほしい」突然現れたオーファメイと名乗る若い娘は、私立探偵フィリップ・マーロウにそう告げた。娘のいわくありげな態度に惹かれマーロウは依頼を引き受けるが、調査に赴いた先で、次々死体が……。事件はやがて探偵を欲望渦巻くハリウッドの裏通りへ誘う。『かわいい女』新訳版。

プレイバック

Playback

レイモンド・チャンドラー

村上春樹訳

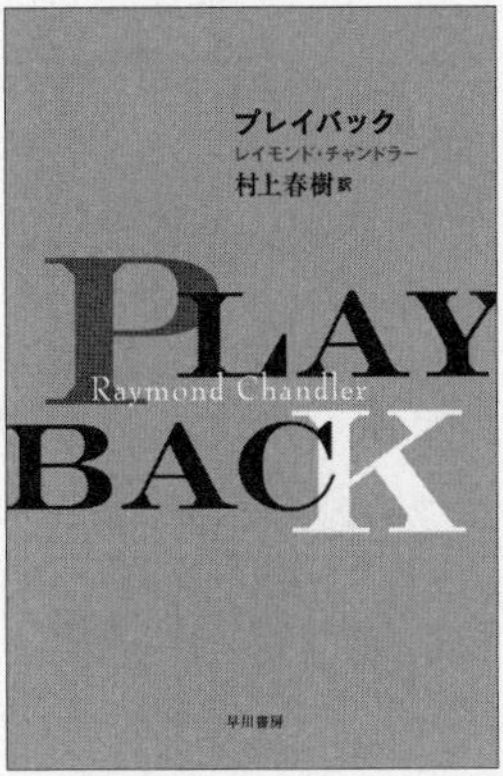

「こちらはクライド・アムニー、弁護士だ」午前六時半。一本の電話が私立探偵フィリップ・マーロウを眠りから覚まさせる。列車で到着するはずの女を尾行せよとの依頼。弁護士の高圧的な口調に苛立ちながらも、マーロウは駅まで出向く。しかし女には不審な男がぴったりとまとわりつき……。シリーズ最終作の新訳版

ハヤカワ文庫

訳者略歴　1949年生まれ，早稲田大学第一文学部卒，小説家・英米文学翻訳家　著書『風の歌を聴け』『ノルウェイの森』『騎士団長殺し』他多数　訳書『ロング・グッドバイ』『大いなる眠り』チャンドラー（以上早川書房刊），『大聖堂』カーヴァー，『キャッチャー・イン・ザ・ライ』サリンジャー他多数

HM=Hayakawa Mystery
SF=Science Fiction
JA=Japanese Author
NV=Novel
NF=Nonfiction
FT=Fantasy

フィリップ・マーロウの教《おし》える生《い》き方《かた》

〈HM⑦-18〉

二〇二三年二月二十日　印刷
二〇二三年二月二十五日　発行
（定価はカバーに表示してあります）

著者　レイモンド・チャンドラー
編者　マーティン・アッシャー
訳者　村《むら》上《かみ》春《はる》樹《き》
発行者　早川　浩
発行所　株式会社　早川書房

郵便番号　一〇一 - 〇〇四六
東京都千代田区神田多町二ノ二
電話　〇三 - 三二五二 - 三一一一
振替　〇〇一六〇 - 三 - 四七七九九
https://www.hayakawa-online.co.jp

乱丁・落丁本は小社制作部宛お送り下さい。
送料小社負担にてお取りかえいたします。

印刷・株式会社精興社　製本・株式会社川島製本所
Printed and bound in Japan
ISBN978-4-15-070468-1 C0197

本書は活字が大きく読みやすい〈トールサイズ〉です。